LA LÉGENDE DE L'IDÉAL

par

Imbart de La Tour

BORDEAUX

Imprimerie G. Gounouilhou

11, rue Guiraude, 11

1893

LA LÉGENDE
DE L'IDÉAL

Cette pièce a été représentée par des Étudiants

AU GRAND-THÉATRE DE BORDEAUX

à l'occasion des Fêtes Universitaires

le 27 janvier 1893.

IMBART DE LA TOUR

LA LÉGENDE

DE L'IDÉAL

BORDEAUX

IMPRIMERIE G. GOUNOUILHOU

11, RUE GUIRAUDE, 11

—

1893

A MES ÉTUDIANTS

Mes Amis,

Je vous offre ce poème. Il a été écrit pour vous, vous, jeunes gens, que je sais généreux et bons; avides de connaître et capables de comprendre. Sous une forme littéraire, c'est encore une leçon d'histoire qu'il vous donne en faisant passer sous vos yeux quelques-unes des croyances et des aspirations de vos aînés.

Le culte du beau, l'adhésion à une vérité morale supérieure à l'homme, l'insouciance railleuse et gaie, ennemie du pédantisme, la foi nouvelle dans le progrès et l'unité des esprits par la Science, voilà bien, si je ne me trompe, mes personnages. Ils viennent chacun à leur temps et dans leur ordre : ils représentent des idées, mais chacune de ces idées est une part de notre âme. Cette légende de l'Idéal est la légende même de notre génie français.

Cette revue du passé m'a conduit à notre temps. J'ai dû, pour être complet, poser à la fin de cette pièce le problème intellectuel. On m'en a fait le reproche; mais qu'avais-je à dissimuler ou à craindre? La discussion des intérêts les plus chers et les plus graves de la conscience doit-elle se poursuivre seulement à huis clos, dans l'enceinte de nos écoles? Pourquoi lui fermer le théâtre quand le roman lui est ouvert? Et pourquoi se défier de la jeunesse, quand on va droit à elle dans toute la sincérité de son cœur et de sa pensée?

Si la lutte s'engage entre Maître Éloi et Lelio, la croyance idéaliste et la science positive, c'est qu'elle existe en réalité autour de nous et trop souvent en nous-mêmes. J'ai essayé de traduire un de ces conflits qui nous divisent et dont nous cherchons encore vainement la fin. Mon dernier personnage, il est vrai, apporte une solution : mais cette solution ne demande aucun sacrifice, et elle est telle, je le crois, que la souhaitent les sages. On ne supprimera ni le désir de connaître, ni le besoin d'aimer ou de croire. Le sentiment et la raison peuvent parfois se quereller : ils ne sauraient longtemps s'ignorer ou se combattre. Il n'y a pas de cloisons étanches dans la pensée. La vie, c'est l'équilibre. Les forces de l'âme sont comme les forces de la nature : elles ne s'excluent pas, elles se complètent.

Cette synthèse nécessaire, esthétique, intellectuelle, morale, qui s'est faite en d'autres temps, nous l'attendons encore du nôtre. J'estime qu'elle se fera et que l'avenir est à ceux qui la cherchent. Le positivisme grossier qui enferme la vie dans la réalité et coupe à l'esprit ses ailes est déjà à son déclin. Chaque jour aussi, nous comprenons davantage la vanité de tout effort intellectuel qui n'a pas un progrès pour résultat. Nous avons mieux à faire, mes amis, qu'à énerver notre esprit aux molles langueurs du dilettantisme. Nous avons un devoir moral envers nous-mêmes, un devoir social envers les autres : celui de chercher le vrai et de faire le bien. L'Art, la Science, la Foi ne sont que des formes de l'action, et toute action qui ne se ramène pas à un devoir est une force perdue dans ce monde des âmes qui a, comme l'autre, ses lois et sa fin.

Je n'avais point à dire autre chose. Permettez-moi en terminant de vous féliciter de l'exemple que vous avez donné. Vous avez montré que cette génération nouvelle, dont on parle tant, porte bien dans les plis de sa robe virile cette abondance de cœur, ce libéralisme d'idées qui ont manqué plus d'une fois, hélas ! à nos aînés. Gardez ces senti-

ments, mes amis. Cherchez ce qui rapproche, non ce qui divise. Il y a deux choses auxquelles vous devez vous attacher tous : l'amour sincère, désintéressé, d'un Idéal, et une estime fraternelle les uns des autres. Notre paix intellectuelle est à ce prix.

Bordeaux, 28 janvier 1893.

PERSONNAGES

GALLUS, étudiant romain, 20 ans......	MM. LABORDE-MILAA.
Me ÉLOI, étudiant en théologie, 26 ans.	GIMET.
BRINDOR, étudiant ès arts, 18 ans.....	KAHN.
LELIO, étudiant en philosophie, 22 ans.	DE PERRY.
UN APPARITEUR....................	PLASSOT.
LE POÈTE..........................	DEPAY.

La scène se passe à Bordeaux, dans un salon de l'Hôtel de l'Association des Etudiants.

LA LÉGENDE DE L'IDÉAL

SCÈNE PREMIÈRE

L'APPARITEUR, GALLUS, ÉLOI.

L'APPARITEUR, *entrant.*

Messieurs les délégués de l'Université
D'Aquitaine. (*Il sort.*) *Musique très douce à l'orchestre.*

GALLUS

Salut! ô ma vieille cité,
Immortel souvenir de la grandeur romaine,
Toi qu'Ausone chantait, toi qu'Auguste fit reine
Des monts Pyrénéens aux rivages d'Armor :
Coteaux aux pampres verts et fleuve aux tresses d'or,
Temples jadis aimés des dieux, Lares antiques,
Blancs parvis des palais, murs, théâtres, portiques,

Aujourd'hui disparus... et peut-être ignorés!
Que j'aime à retrouver vos souvenirs sacrés!
Oh! revivre!... un seul jour! un seul moment! Renaître,
Sentir monter la vie aux fibres de son être,
Comme la sève au cœur des arbres languissants!
Réchauffer sa pensée au soleil des vivants,
S'emplir les yeux d'azur, quitter ces bords funèbres,
Où ceux qui ne sont plus errent dans les ténèbres,
Fantômes désolés, sans regard et sans voix...
Grands dieux! être aujourd'hui ce qu'on fut autrefois,
Quel rêve!

La musique cesse.

ÉLOI.

Ainsi, Gallus, vous regrettez la vie?

GALLUS.

Oui, puisque à ce regret ici tout nous convie.
Qui ne songe au printemps quand est venu l'hiver?
J'aime ces jeunes gens à l'œil ardent et fier.
Ce qu'ils sont, je le fus. Je revois mon enfance,
L'auditoire où j'allais apprendre l'éloquence,
Les classes du rhéteur gaulois, du grammairien,
Le vieux maître lisant Pline et Quintilien;
Puis, aux jours du repos, nos combats de palestre,
Le théâtre envahi, nos défis à l'orchestre,
Ces fêtes de Tutelle enfin, chaque printemps,
Où, couronnés de fleurs, vierges et jeunes gens

Vers les temples des dieux sauveurs de la patrie
Déroulaient en chantant leur blanche théorie.
Quel feu! quelle jeunesse alors dans nos ébats!
Nous grandissions ainsi pour ces rudes débats
Du prétoire, ces duels où la phrase serrée,
La coquette épigramme à la pointe acérée
Enlacent la raison et frappent droit au cœur.
Oui, dans tout citoyen naissait un orateur,
Car telle était, ami, la maxime de Rome
Que bien parler apprend à bien gouverner l'homme.
On aspirait à tout en étant avocat:
La rhétorique alors menait au consulat.
Pour moi, je me retrouve encor dans la mêlée.
Voici les duumvirs et la foule assemblée,
Les regards sur un seul fixés, et par moments
Le tumulte divin des applaudissements,
Les bras comme tendus dans une apothéose,
Les clients, les amis, la suite grandiose
Des citoyens en toge à vos pas attachés!...
Fut-il jour plus heureux, plaisirs plus recherchés?

ÉLOI.

Fites-vous en plaidant au moins votre fortune?

GALLUS.

Par Pollux! le destin m'avait gardé rancune;
Je n'entrai même pas au corps municipal!

ÉLOI.

Ami, si bien parler fut tout votre idéal,
Il ne m'inspire pas la moindre jalousie :
Je vous plains.

GALLUS.

Nous avions encor la poésie.
Que la vie était douce et le cœur satisfait!
Rien pour nous n'était triste en ce monde où chantait
L'âme de la Nature éternelle et divine.
Le mythe au voile d'or couvrait notre origine :
La terre avait reçu l'embrassement des cieux,
Et l'homme près de lui sentait passer les dieux.
Tout prenait une voix : arbres, rochers, fontaines,
Démons mystérieux ou Tutelles lointaines
Murmurant à l'esprit un mot tendre.
Parfois
Nous aimions à nous perdre en rêvant dans les bois,
Ou gravissant les monts couverts de lauriers-roses,
A redire entre nous d'impérissables choses :
La chute d'Ilion ou la mort de Pallas,
L'idylle qu'à l'écho soupirait Amyntas,
Alors que sous nos pieds commentant le poème
Fuyait, prenant son vol, une blanche trirème.

(En rêvant.)

Un soir, il m'en souvient, c'était un soir d'été :
L'air était parfumé, tiède de volupté;

Une barque légère emportait notre ivresse.
Tout dormait. On eût dit que la chaste déesse,
Tant le ciel était pur et le flot transparent,
Avait, perçant l'azur de ses flèches d'argent,
Du sein de l'Infini fait jaillir les étoiles.
Nous rêvions, mollement étendus sous les voiles,
Écoutant se confondre, au bruit sourd des rameurs,
Le rhythme de la nuit et celui de nos cœurs,
Quand, dans l'ombre, soudain s'échappa de la rive
Un chant qu'accompagnait une lyre plaintive,
Et si tendre, si doux, que Glycère pleura...
Hélas! qu'en peu de temps ce bonheur s'effondra!
Voici qu'un nouveau dieu paraît en Aquitaine.
On entendait gronder une rumeur lointaine
De temples renversés, d'autels détruits. Bientôt
Au chrétien s'unissait le Vandale ou le Goth.
Avec nos dieux brisés la victoire était morte.
Le Christ dans la cité, le Barbare à sa porte...
L'Empire était perdu! Ce jour-là, je compris
Qu'un monde tout entier croulait sur ses débris,
Que la force enchaînait la pensée et que l'homme,
Soufflant sur le flambeau d'Athènes et de Rome,
Trébuchait dans le vide immense de la nuit.

ÉLOI.

Non, tout était sauvé, quand tout semblait détruit.
Le vieux monde pouvait dormir dans la poussière;

L'Église grandissait, lueur, bientôt lumière,
Et, comme au gai matin s'éveillent les enfants,
Voyait à ses rayons naître les nouveaux temps.

GALLUS.

Osez-vous affirmer que cette barbarie
Fut un progrès?

ÉLOI.

Sans doute.

GALLUS.

Est-ce plaisanterie?
Le paradoxe est fort.

ÉLOI.

O démon de l'orgueil!
Pensez-vous que la terre ait porté votre deuil?
Vous étiez son Mentor! O sages et poètes,
Qu'aviez-vous donc appris aux âmes inquiètes?
Au doute, au désespoir, qu'aviez-vous répondu?
A votre école en vain l'homme avait attendu;
Votre sagesse a-t-elle, incertaine et bornée,
Trouvé son origine et vu sa destinée?
L'Être? qui, parmi vous, en a rendu raison?
Nombre pour Pythagore, unité pour Zénon;
Démocrite en riant accroche ses atomes,
Héraclite éploré voit passer des fantômes.

Dieu? Socrate le veut bon, juste, prévoyant.
Aristote, moteur inerte, indifférent.
Pyrrhon vient : la raison tâtonne à l'aventure.
Le Bien? c'est le plaisir, nous conseille Épicure.
Non, la vertu : reprend le Portique; et lassé
De ce chaos, trompé dans son rêve insensé,
L'esprit ferme son aile et la Sagesse antique
Se meurt.
Qu'inventez-vous alors?
La Rhétorique!
On voit se transformer la vie en plaidoyer,
Se farder la justice et l'art se monnayer.
Argent! Honneurs! Allons, enfant, vite à l'école!
N'ayant plus la pensée, exploite la parole,
Invoque-nous ces dieux auxquels tu ne crois plus.
Pouvant être Augustin, sois un Libanius,
Pour qu'un jour, empilant tes écus et ta gloire,
Tu viennes, couronné de roses, après boire,
Nous dire d'un œil sec et d'un ton méprisant :
« Par Plutus! tout va bien! Le monde est amusant! »
Alors qu'un peuple entier souffre et pleure. — O Folie!

GALLUS.

Maître, sans compliments la satire est jolie,
Et je ris de vous voir en ce docte entretien
Railler l'art de parler en parlant aussi bien.
Pourtant, accordez-nous, malgré cet anathème,

D'avoir mieux profité du monde que vous-même,
Et n'ayant su penser, au moins d'avoir vécu.

ÉLOI.

La vie est-elle un art?

GALLUS.

J'en étais convaincu.
Le bonheur est un bien qui n'offense personne.
Sachons en profiter quand le sort nous le donne.

ÉLOI.

Vous voulez être heureux, riches et délicats?
Effeuillez en riant le plaisir sous vos pas,
Achetez à grands frais, pour embellir la fête,
Les tissus de Sérique et les filles de Crète,
Les parfums d'Idumée ou les vins de Chios;
Votre luxe est parfait, mais non votre repos.
Vous ne calmerez point votre souffrance aiguë,
Car il est dans votre âme un hôte qui la tue :
L'ennui.
Vous voulez être heureux?
Je vous dis, moi,
Que l'épreuve est un bien, la souffrance une loi.
En vain de votre vie inutile et figée
Vous biffiez la douleur : la douleur s'est vengée,
Vous prenant à la gorge, un soir, comme un bandit,
Et vous avez fini seul, méprisé, maudit.

Il n'est resté de vous qu'un peu de pourriture.
Voilà votre bilan, ô fils de la nature!

GALLUS.

De ces discours chagrins je ne suis pas surpris.
Les chrétiens ont toujours les hommes en mépris.
Ainsi, l'antiquité ne fut qu'erreur et vice?
C'est être bien ingrat pour la vieille nourrice.
Me nierez-vous enfin qu'elle n'ait enfanté
La forme exquise et pure où sourit la beauté?

ÉLOI.

Œuvre de mort.

GALLUS.

Comment!

ÉLOI.

Qu'importe ce qui passe!

GALLUS.

Vous condamnez le beau.

ÉLOI.

Le temps a-t-il fait grâce?

GALLUS.

Quoi? rien ne peut fléchir un arrêt aussi dur...
Ni le blanc Parthénon dans son nimbe d'azur,
Ni le thrène plaintif de la lyre accordée,
Le vers, gaine superbe où s'enferme l'idée,

Le marbre, palpitant aux mains de Phidias!...
  Nous avions vu, pourtant, dociles sur tes pas,
Les vierges d'Hélicon chanter, ô Musagète!
Iacchos se mirer aux sources du Taygète,
La Cypris Astarté nouer ses cheveux d'or.
Tout l'idéal des sens avait pris son essor.
Et nous irions troquer notre aimable génie
Contre votre ignorance et votre ignominie!
Par Jupiter! soyez, s'il vous en fait plaisir,
Laid, sot, dépenaillé. Je vous laisse choisir
Le manteau du Cynique et sa vieille citerne.
Diogène aujourd'hui peut souffler sa lanterne :
Il a trouvé son homme. (Il rit.)

ÉLOI.

Et cet homme détient
Le seul bien qui vous manque et le seul qu'on retient.

GALLUS.

Et c'est...?

ÉLOI.

La vérité.

GALLUS, après un silence et à lui-même.

Dieux! Vérité! Mensonge!
Dans quels étonnements sa parole me plonge!
Donc, ce premier baiser où l'amour s'envola,
Beauté, savoir, bonheur, néant que tout cela!

S'il disait vrai pourtant!
(Haut.) Ah! le vrai n'est qu'un leurre.
Par delà ce qui passe est-i rien qui demeure?
Et ce mot qui console et qui sauve ici-bas,
S'il fut jamais trouvé, tu ne le connais pas.
On n'a point achevé l'œuvre de Prométhée :
L'escalade du ciel ne peut être tentée.
Les dieux ont dans l'Olympe enfermé leur secret;
Et ce qu'ils n'ont pas dit, qui donc nous le dirait?
Quoi? dans ces temps troublés par la guerre et la peste
Une voix s'entendit?

ÉLOI.

Oui, le Père céleste.
Quel homme aimant et bon trouvant sur le chemin
Un pauvre, abandonné, ne lui donne la main?
O Gallus! nous étions cet être misérable,
Sans abri, sans espoir, déshérité, coupable,
Et dans l'ombre cherchant un soleil inconnu.
Du fond de l'Orient ce sauveur est venu.
Dieu même, par pitié, s'est fait ce que nous sommes,
Vivant, souffrant, mourant, pour le salut des hommes;
Il nous a tout appris, léguant comme leçon
Au cœur une espérance, un dogme à la raison.
Alors, ayant vêtu la robe nuptiale
Les peuples ont suivi sa marche triomphale.
Les cieux, jadis fermés, enfin se sont ouverts.

Une immense bonté réchauffa l'univers,
Et sur l'humanité d'amour ensoleillée
L'Alleluia joyeux a pris son envolée.
Alors l'homme goûta le pain venu du ciel.
La sainte égalité se fit devant l'autel,
Et Satan fut vaincu pour jamais. Les églises
Jetèrent au ciel bleu leurs grandes flèches grises,
Le cloître, ruche sombre, accueillit le malheur.
Le saint bénit l'épreuve et chanta la douleur.
Alors aussi la foi, cherchant l'intelligible,
Éclaira la raison de cet astre, la Bible,
Et porté par l'amour et le raisonnement,
L'esprit, cherchant la foi, bondit au firmament.
O merveille! Entrevoir le principe des choses
Et, déroulant le fil des effets et des causes,
Dans l'immobile éther sans durée et sans lieu,
Par delà l'univers sensible, trouver Dieu!...
Ainsi, comme au printemps l'épi sort de la graine,
De l'infini semé dans la pensée humaine
Grandit la gerbe d'or des Universités.

GALLUS.

Ce sont peut-être là de belles vérités.
Mais je n'en démords point : quel que soit son mérite
Le monde est devenu très laid, ce qui m'irrite.
Tout, jusqu'à la science, a pris l'air rechigné
Et le corps a perdu...

ÉLOI.

Ce que l'âme a gagné.

GALLUS.

Brisons là. Je m'en tiens à mon panégyrique.
A nous donc la Sagesse.

ÉLOI.

A nous la Dialectique.

GALLUS.

Platon.

ÉLOI.

Saint Augustin.

GALLUS.

Aristote.

ÉLOI.

Abélard.

GALLUS.

Le Code.

ÉLOI.

Les Canons.

GALLUS.

Les merveilles de l'art.

ÉLOI.

Les œuvres de la foi.

GALLUS.

La nature et la vie.

ÉLOI.

L'Idéal et le Bien.

GALLUS.

La forme et l'harmonie...

Pour nous le Beau.

ÉLOI.

Pour nous le Vrai.

(On entend dans le lointain les accords d'une viole. Ils s'arrêtent surpris.)

GALLUS.

Ce que j'entends...

BRINDOR, chantant dans la coulisse.

Vecy la doulce nuyt de may
Que l'on se doibt aller jouer
Et point ne se doibt-on coucher :
La nuyt bien courte trouveray.

ÉLOI.

Quelque gai troubadour.

GALLUS.

En quête d'accidents.

BRINDOR, dans la coulisse.

Devers ma dame m'en yray
Si sera pour la saluer
Et par congié luy demander
Si je luy porteray le may.

ÉLOI.

Je connais cette voix. — Brindor!... mon camarade!...

(A Gallus.)

Soutiendrez-vous encor que le monde est malade?

SCÈNE II

LES MÊMES, BRINDOR.

BRINDOR, entrant.

Le may que je luy porteray
Ne sera point un esglantier,
Mais ce sera mon cueur entier
Que par amour luy donneray.

(Sans voir Gallus ni Me Éloi.)

Où suis-je? Par les Saints! que ce palais est beau!
Des lustres,... un bon feu,... des tapis,... un bedeau,
Des chaises et des bancs, plus d'herbe ni de paille,

Quel gîte, pour dormir et pour faire ripaille!
Ah Brindor! tu naquis trop tôt, pauvre écolier!
Nature en te créant fit bien mal son métier :
Que n'a-t-elle attendu pour ce triste épilogue!
Je n'aurais pas connu ton fouet, ô pédagogue!
Tiens... maître Éloi. Bonjour, mon frère aîné.

ÉLOI.

Bonsoir.

BRINDOR.

Parbleu! vous avez l'air ébaubi de me voir.

ÉLOI.

Votre présence ici m'étonne, et ma surprise...

BRINDOR.

N'en perdez pas l'esprit, Monsieur l'homme d'église.
Suis-je pas, comme vous, de l'Université?

ÉLOI.

On vous y rencontrait souvent, en vérité!

BRINDOR.

Bah! Pour avoir omis quelque dispute aulique?
Je n'ai jamais été très brave... en scolastique.
Tant pis : obtiendrez-vous qu'un boiteux marche droit?
Chacun fait ce qu'il peut.

ÉLOI.

Et jamais ce qu'il doit.

BRINDOR.

De grâce, ménagez à Monsieur mon éloge.
Auriez-vous en mourant emporté votre toge?

ÉLOI.

Vous raillez.

BRINDOR.

Par ma foi, j'en suis bien corrigé.
Saint Pierre n'aime pas qu'on raille le clergé,
Et j'en sais quelque chose aujourd'hui.

ÉLOI.

Je m'en doute.

BRINDOR, modestement.

Nous n'avons pas suivi tous deux la même route.

ÉLOI.

Certes! J'en ai regret pour vous.

GALLUS.

Qu'aviez-vous fait?

BRINDOR.

Hélas! une ballade où l'auteur envoyait
Les fous en Paradis et les docteurs... au diable.

ÉLOI.

C'est très mal.

BRINDOR.

Croyez-vous?... ce n'était qu'une fable.
L'envoi s'était trompé d'adresse apparemment.

GALLUS.

Vous preniez, je le vois, la vie assez gaiement.
Si vous pouviez un peu nous conter votre histoire?

ÉLOI.

Une ligne y suffit : chanter, dormir et boire.

BRINDOR.

C'est court.

ÉLOI.

Un ignorant, pas même bachelier.

BRINDOR.

Grâce au ciel!

ÉLOI.

Et, de plus, détestable écolier.

BRINDOR

Ce sont là de parler fâcheuses habitudes
Que prendre « étudier » pour « faire ses études ».

ÉLOI.

Un criard, un brouillon, un tapageur.

BRINDOR.

Merci!

C'est de ma renommée avoir trop de souci.

(A part.)

Les morts ont quelquefois bien mauvais caractère!

(Haut.)

— Et pourquoi, s'il vous plaît, sommes-nous sur la terre?
L'école est-elle donc un cloître? — O jeunes gens!
Aspirez au bonheur de vivre : ayez vingt ans,
Laissez s'ouvrir votre âme au doux verbe des choses,
Le monde se dorer pour vous d'apothéoses,
Pour que le Livre un jour vous referme l'esprit,
Pour tomber de langueur sur quelque manuscrit,
Ecouter en bâillant un docteur qui radote,
Ingurgiter Boëce, éplucher Aristote,
Distinguer l'accident, la substance, l'effet,
Prouver *in Barbara* que le monde est parfait,
Ravauder le dilemme, aiguiser le sophisme
Et pendre la raison au clou du syllogisme...
— Sang-Dieu! je me révolte et j'enrage! En deux mots,
Je dis que les savants ne sont tous que des sots!

ÉLOI.

Vous dites...

GALLUS.

Poursuivez.

BRINDOR.

Rien que de véridique.

Trivium et *Quadrivium*, gloses et dialectique,
Compendieux traités *de Rerum Natura*
Que nul de vous, docteurs, n'a lus... et ne lira,
Qu'apprennent-ils à qui veut agir et veut vivre?
On ne découvre pas l'univers dans un livre;
Et ceux-là de la vie ont le mieux profité,
Qui furent par ce maître instruits, la liberté.

(A Maître Éloi.)

Osez donc comparer ma fortune et la vôtre?
Vous saviez tout, moi rien.
J'étais, autant qu'un autre,
Apte à pincer du luth au coin d'un carrefour,
Adroit au jeu de dés, gauche au jeu de l'amour,
Rossant le guet, pipant le bourgeois imbécile.
Le bruit de mes exploits courait toute la ville.
D'ailleurs, loyal sujet et bon chrétien. Le soir,
Après le couvre-feu, quand le ciel était noir,
Les meilleurs d'entre nous s'en allaient en silence
Abattre des Anglais au cri : Vive la France!
J'en étais. — Ah! par Dieu! nous avions peu d'argent;
Pour gîte, une mansarde en torchis, et souvent
En guise de souper le fumet d'une auberge.
Le beau temps! Cœur léger, œil franc, bonne flamberge,
On aurait pris d'assaut jusques au Paradis.
La vie était pour nous un conte de jadis,

Si gai, que l'âme en fête oubliait ses misères.
Le vieil esprit gaulois pétillait dans nos verres,
Maître du rire ailé, des farces, des chansons.
Ainsi, comme en avril les oiseaux, nous prenions
Notre vol, effleurant de notre humeur sereine
Les pauvres gens bien las du fardeau de leur peine;
Craints des méchants, haïs des sots : mais après nous
Le peuple avait au front un sourire plus doux,
L'espérance passait laissant tomber ses voiles,
Et nous contions ce rêve à nos sœurs les étoiles.

Je me suis confessé, docteur. A votre tour.

Étranger à ce monde, à nos jeux, à l'amour,
Toujours seul, méprisant notre active paresse,
Vous alliez, front pensif, jeune, mais sans jeunesse,
Le cœur claquemuré derrière la raison.
La science pour vous ne fut qu'une prison,
Et vous avez vécu, sacrifiant, mon maître,
La volupté de vivre au tourment de connaître.
Il est vrai! vous saviez disputer en latin,
Jouer du *Quodlibet,* noircir le parchemin,
Lire dans l'alambic obscur de Raymond Lulle.
O simples! qui croyez qu'on vit d'une formule!
Vous avez côtoyé l'infini sans le voir;
Mon ciel fut large et bleu, le vôtre étroit et noir.
Votre âme se traîna languissante et glacée;
Les souffles du printemps ne l'ont point traversée,

Et vous n'avez connu que les hivers, ayant
A l'âge où le plaisir nous fait signe en riant,
Le crâne usé, les yeux flétris et le corps grêle...
Qu'avez-vous à cela gagné, pauvre cervelle!
Un bonnet en fourrure et deux canonicats?
Les ânes n'en sont point devenus avocats
Et l'homme est encor loin d'abdiquer sa sottise.
 Paraissez maintenant, Sorbonne à barbe grise,
Exégètes subtils, graves théologiens,
Philosophes, rhéteurs, glossateurs, grammairiens,
Géomètres, auteurs de sommes, décrétistes,
Chirurgiens, médecins, physiciens, alchimistes,
Licenciés, docteurs, régents, doyens, prévôts!
Votre sagesse a moins d'esprit que mes grelots.

GALLUS.

Ah! ah! qu'en pensez-vous?

ÉLOI.

Je pardonne à son âge.

BRINDOR.

Le monde périrait d'ennui s'il était sage.

ÉLOI.

Vous êtes, je l'avoue, un plaisant magister
Mais gardez vos leçons pour les ombres, mon cher.
Vous auriez bien mieux fait de nous dire autre chose.

BRINDOR.

Je puis vous réciter le *Roman de la Rose*.
Préférez-vous *Renart?* Les *Quatre fils Aymon?*
— Nenni. — *Bertrand de Born?* une ballade? — Non.
— Alors un fabliau, c'est clair. (A part.) Nous allons rire.
(Haut.)
Le *Testament de l'Ane?*

ÉLOI.

Aimez-vous la satire?

BRINDOR.

Ah! pardon, j'oubliais. (A part.) J'allais faire un beau coup :
On fait fuir les moutons quand on parle du loup.
(Haut.)
J'en fais ma révérence à Monsieur du Chapitre
Et...

(Bruit à la porte. Lelio essaie d'entrer, retenu par l'Appariteur.)

SCÈNE III

LES MÊMES, LELIO, L'APPARITEUR.

L'APPARITEUR.

Votre carte.

LELIO.

Ami.

L'APPARITEUR.

Votre...

LELIO.

Voici mon titre :

Étudiant.

L'APPARITEUR.

C'est bien... (Il le salue.)

Monsieur, on n'entre pas.

LELIO.

Vous voulez rire ?

L'APPARITEUR.

Non.

LELIO.

Heu! pour quelques ducats!

L'APPARITEUR.

Grand merci. (Il le salue une seconde fois et le pousse dehors.)

La consigne est formelle.

LELIO.

Peut-être!

Quand la porte se ferme, on ouvre la fenêtre.

(Il pousse la fenêtre et saute.)

Place à l'esprit nouveau.

BRINDOR, à part.

Son costume est bien laid.

ÉLOI, à part.

Je ne sais pas pourquoi cet homme me déplaît.

LELIO, à part.

Parmi quels revenants faut-il que je m'égare?

(Haut.)

Suis-je dans un discours entré sans crier gare,
Camarades?

GALLUS.

Non pas. Dans un dissentiment
Vous arrivez ici fort à propos.

LELIO.

Vraiment?
Et quel grave sujet à ce point vous partage?

GALLUS.

Je défends les anciens.

ÉLOI.

Et moi le moyen âge.

LELIO, à Brindor.

Et toi, petit?

BRINDOR.

Pardon, Brindor ne défend rien.

GALLUS et ÉLOI, parlant ensemble.

Qui des deux a raison?

LELIO.

Ni l'un ni l'autre.

BRINDOR.

Amen!

GALLUS.

Comment?

ÉLOI.

Que dites-vous?

BRINDOR.

J'étais sûr de l'arbitre.
Il adjuge l'écaille et se réserve l'huître.
La Cour a bien jugé.

GALLUS.

Je m'étonne pour moi
Que vous ayez si peu de goût.

ÉLOI.

Si peu de foi.

GALLUS.

Quoi! nos dieux! nos héros! nos livres! nos statues!

ÉLOI.

Nos aspirations d'idéal revêtues...

GALLUS.

Ce charme dont vécut par nous l'humanité...

ÉLOI.

Ce bien qu'elle reçut de nous : la Vérité...

GALLUS.

Tout vous est étranger!

ÉLOI.

Rien n'a touché votre âme!

LELIO.

Contre un injuste arrêt souffrez que je réclame.
Amis, puis-je oublier, moi venu depuis vous,
Que je fus tout enfant bercé sur vos genoux?
J'ai redit les leçons du sage et du poète.
Mes lèvres ont goûté le doux miel de l'Hymette
Et, mains jointes souvent, le front humilié,
Comme adorent au ciel les anges, j'ai prié
Les grands Christs souriant dans leur robe d'ivoire.
Hélas! ces temps nouveaux sont trop vieux pour vous croire!

(A Gallus.)

O premiers-nés de l'Art, qu'êtes-vous maintenant?
Le papyrus obscur que déchiffre un savant.
Votre âme nous échappe, et votre œuvre féconde,
Dont vivent nos lettrés, est morte pour le monde.

(A Éloi.)

Toi, prêtre, c'est fini. Ne me demande plus
Tes symboles usés et mes rêves perdus.
Ta foi murmure encor son chant terrible et tendre,

Tu me parles en vain. Ce siècle a fait entendre
Son froid raisonnement et son rire moqueur.
Le soupçon, ver affreux, m'est entré dans le cœur.
J'ai lutté, j'ai souffert. Prosterné sur vos dalles,
J'ai cherché votre paix, ô vieilles cathédrales!
Et, sentant dans mon âme une ombre, j'ai pleuré.
Le ciel est resté sourd et Dieu s'est retiré.

ÉLOI.

De quel nom vous nommer, vous qu'en tremblant j'écoute?

LELIO.

Le fils de la Raison, qui s'appelle le Doute.

ÉLOI.

Le Doute!

BRINDOR, à part.

Encore un sage à mettre en interdit.

ÉLOI.

Le Doute! Écoutez-vous ce compagnon maudit?
Ce qu'impose la foi, la raison nous l'explique.
Nous avions tout réglé.

LELIO.

Par votre scolastique!
Nous ne comprenons plus, ami, vos arguments.
Que trouvons-nous au bout de vos raisonnements?

Des mots, toujours des mots! Je vous plains, géomètres!
Vous aviez mesuré des mondes à vos mètres,
Arpenté la Nature et délimité Dieu.
Cela fait, vous avez bâti dans le ciel bleu.
Sur ce double pilier Aristote et la Bible,
L'édifice géant monte vers l'invisible
A grands coups d'arcs-boutants à ses flancs attelés.
Vous pensiez y tenir l'univers sous vos clés.
Ah! pardieu! j'en réponds, votre temple est superbe,
Mais les pavés disjoints y laissent passer l'herbe.
La nef, prison obscure et sombre, manque d'air,
Tandis que Copernic, Galilée et Képler,
Intrépides mineurs, en ont sapé les bases.
Écoutez! Ce bruit sourd qui trouble vos extases,
C'est le toit qui s'effondre et le mur qui se fend,
Comme un ballon qui crève au toucher d'un enfant.
Voilà donc ton refuge, ô libre intelligence!

ÉLOI.

Et qui remplacera notre œuvre?

LELIO.

La Science.

ÉLOI.

Bien! L'orgueil vous précède et le doute vous suit.
Quand votre siècle aura tâtonné dans la nuit,
Il reviendra mourant s'abriter sous notre arche.

LELIO.

La raison ne fait point demi-tour dans sa marche.
Le progrès...

GALLUS.

Parlons-en.

ÉLOI.

Caprice passager!

BRINDOR.

Sait-on jamais pourquoi la mode va changer?

LELIO.

Pourtant...

ÉLOI.

Les résultats en sont fort pitoyables.
On enseigne aujourd'hui des choses incroyables.

GALLUS.

On ne sait plus un mot de grec ou de latin.

BRINDOR.

L'écolier converti se fait bénédictin.

ÉLOI.

Voulez-vous des vieux temps nous faire une hécatombe!
Respectez ce qui fut.

LELIO.

Oublions ce qui tombe.
Le but est devant nous et tel en est le prix,
Que pour l'atteindre, il faut marcher sur vos débris.
Les morts doivent frayer aux vivants le passage.
Qu'en pensent nos anciens?...

GALLUS.

Ce qu'en pense le Sage :
Abstiens-toi.

LELIO.

Pouvez-vous?...

GALLUS.

Les dieux ont prononcé.
Vous êtes l'Avenir, moi, je suis le Passé.
Quand sa cause est vaincue et que Rome sommeille,
Milon rêve, en mangeant des figues de Marseille.

BRINDOR.

Je ne suis qu'un oiseau qui chante dans les bois.
J'ignore si le monde est bien fait, mais je crois
Que Dieu créa pour nous le nid et la feuillée...
La branche du savoir ne peut être effeuillée.

LELIO.

Eh bien! Dormez heureux, vous que ne trouble pas
Ce fatigant repos dont nos esprits sont las.

Notre fière raison ne sera point trompée.
Dieu ne commande plus à l'âme émancipée.
L'échelle de Jacob est brisée, et les voix
D'En-Haut n'enseignent plus les songes d'autrefois.
Les hommes ont osé regarder leur chimère :
Ils cherchent. L'inconnu remplace le mystère,
L'impénétrable Isis se découvre à nos yeux :
Nous sommes plus instruits.

ÉLOI.

Êtes-vous plus heureux?

LELIO.

Hélas!

ÉLOI.

A votre tour écoutez une plainte
Qui monte vers le ciel, amour, espoir et crainte :
Ce sanglot de nos cœurs, l'avez-vous entendu?

LELIO.

Oui, nous rêvons encore au Paradis perdu :
Notre ciel est désert et nos âmes sont vides.
Oui, l'homme, rejetant vos formules arides,
N'a rien mis à la place, et tels sont ses combats
Que ce fier révolté veut croire et ne peut pas!
Qu'importe! Nous cherchons d'autres cieux que les vôtres.
La Science a vers nous envoyé ses apôtres.
L'esprit sort de lui-même; instruit par ses revers,

C'est dans l'Univers seul qu'il cherche l'Univers.
Ne heurtons plus nos fronts aux éternels problèmes.
Les substances ont fui laissant les phénomènes.
Que savons-nous? des faits; mettant au même rang
L'infiniment petit et l'infiniment grand.
Dans l'espace muet tout se compte et se pèse;
Les savants ont jeté le monde à la fournaise
Et vu dans leur creuset, sous l'étreinte du feu,
Fondre l'Inconnaissable, et s'évaporer Dieu.
Toi seule as survécu, Nature, ô bienfaitrice!
Tu défais, tu reprends ton œuvre créatrice,
Sans jamais l'interrompre et jamais l'achever.
L'homme n'empêche plus ce qui doit arriver.
Prisonnier du pouvoir aveugle qui l'entraîne,
Lui-même est un anneau dans l'inflexible chaîne
Où tout fait a sa place et tout être sa loi.
Jouet de la Nature! allons! résigne-toi.
Accepte sans faiblir la part qu'elle te donne,
Et travaille à sa fin mystérieuse et bonne,
Ouvrier ignoré d'un chef-d'œuvre inconnu.
Le Paradis nouveau sera bientôt venu :
Il se crée.

ÉLOI.

Ah! tremblez que l'œuvre ne s'achève.
Si le bien, le devoir, vieux mots, ne sont qu'un rêve,
Si le vrai se résout dans la réalité,
Si le Dieu juste et bon nous est escamoté,

Si notre âme est en deuil dans la Nature en fête,
Si le faible opprimé ne peut lever la tête,
Si vous que nous pleurons, ô mes morts que j'aimais!
N'êtes plus qu'une cendre éteinte pour jamais...
Loin de nous, séducteurs!
Votre vérité tue!
Sous vos négations la prière s'est tue,
La loi d'airain succède à la loi de pitié,
Et votre monde meurt d'avoir étudié.
Laissez-nous, laissez-nous au moins une espérance.
Vous ne guérirez point notre humaine souffrance.
Vous qui savez la clé des mondes, savez-vous
Le mot qui fait tomber la raison à genoux?
Vous pouvez sur le ciel fermer toute échappée,
Prendre dans vos filets notre âme émancipée...
O geôles d'écolier et murailles d'enfant!
L'amour vous brisera de son vol triomphant.
Notre rêve infini dépasse vos chimères.
L'homme cherche plus haut la paix à ses misères
Et monte vers l'Éden entrevu de son cœur,
Dans les bras de son Père étouffer sa douleur.
Ah! qu'il soulève encor la terre recueillie,
L'Esprit toujours vivant sous la lettre vieillie!
Il est une science autre que le savoir,
Celle que nul de vous n'enseigne : le devoir.
Donner à qui n'a rien une part de soi-même,
Dire au pauvre sans joie et sans amour : Je t'aime!

Mettre sur son front pâle un baiser fraternel;
Aux proscrits de ce monde ouvrir l'arche du ciel,
Et dans cet univers que ta face illumine,
Attendre de ton jour, ô Sagesse divine!
L'immortelle justice et la fraternité :
Voilà notre espérance et notre vérité.

BRINDOR.

Qui donc nous donnera des ailes?

LELIO.

Oui, des ailes!

La Science, la Foi, ces rivales, sont-elles
Faites pour s'ignorer, se combattre, s'unir?
Qui croire?... Qui dit vrai?... Le Passé?... L'Avenir?...

SCÈNE IV

LES MÊMES, LE POÈTE.

LE POÈTE.

Tous deux. *Musique à l'orchestre.*

N'isolons pas, qu'on affirme ou qu'on nie,
Ces pôles du progrès : le cœur et le génie.
Ceux qui furent hier, ceux qui viendront demain,
Dans la chaîne des temps tous se donnent la main,

Ouvriers de cette œuvre immortelle : la France.
Ce siècle déjà vieux attend sa renaissance,
Et ce qu'il veut de toi, jeune homme de vingt ans,
Ce sont l'effort viril, les réveils éclatants,
Une libre raison par la foi fécondée,
Ce qui sauve : le Bien, ce qui dure : l'Idée.
Maître de l'avenir, héritier du passé,
C'est à toi de finir ce qu'il a commencé.
Tu prendras son labeur en laissant sur ta route,
Comme un haillon usé, sa tristesse et son doute.
Dans cet obscur chemin, marche résolument.
Ton aube nous promet un accomplissement.
Sois le bras qui délivre et la voix qui rallie,
La bonté qui se donne et qui réconcilie,
La justice aux petits, la clémence aux vaincus!
Garde les grands espoirs et les grandes vertus,
Aime et crois!
Maintenant, mon frère, ouvre ton aile.
Ton ciel est infini, ton âme est immortelle.
Va! superbe et puissant, monte vers l'Idéal,
Tandis que près de toi le Blasphème et le Mal
Rampent, spectres impurs, à la face flétrie...
Et qu'il nous reste au moins ce culte : la Patrie!

(Ils se prennent la main, pendant que le fond du théâtre s'ouvre laissant apparaître la vision de la France tenant un livre et une épée et gardée par des étudiants en armes. La toile tombe.)

FIN

www.ingramcontent.com/pod-product-compliance
Lightning Source LLC
LaVergne TN
LVHW012008160826
845678LV00002B/723

* 9 7 8 2 3 2 9 6 6 6 4 5 7 *